KB036832

자갈자갈

b판시선 036

표성배 시집

자갈자갈

도서출판 b

어떤 시가 좋은 시인가. 지난 한때 이런 시가 좋은 시라고 당당하게 말한 적 있다. 하지만 시를 쓸수록 어떤 시가 좋은 시라고 딱 잘라 말할 수 없게 되었다.

지금까지 시를 써오면서 한 번도 의심하지 않은 내일에 대해 의심하기 시작했고, 이 부조리한 사회와 먹고사는 기본적인 것에 시가 할 수 있는 일이 별로 없다는 것을 알아버렸다.

오늘도 나는 밥줄에 목을 매고 있고, 처음인 양 그런 내 모습에 깜짝 놀란다. 어제까지는 내일을 살았으나 이제 나이와 함께 오늘을 살고 있다. 하지만 여전히 오늘이 아니라 내일을 살아가는 젊음이 부럽다. 이 시집이 그런 이들에게 잠시나마 삶의 위안이 되었으면 좋겠다.

2020년 봄 마산에서
표성배

| 차 례 |

제1부

봄비 1

지난 겨우내
슬쩍,
한마디 말 건네는 이 없더니
누가
톡!
톡!
말을 거나

바짝 마른
화단 귀퉁이에
눈이
먼저 가네

봄비 2

겨우내 무뚝뚝하기만 했던
내 가슴 깊숙한 곳에서부터 생기를 돌게 만드는
저,
저 봄비를

야외 작업장 여기저기
불꽃 튀는 망치소리를 단번에 잠재우는
저,
저 봄비를

무엇에 비유할까

춘분

지난밤 기세 좋게 내린 폭설이

새벽 오줌발 앞에 설설 기는 아침입니다

새벽 오줌발이 약하면 소도 빌려주지 말라했는데

저는 아직 일할 만합니다

침이 돋는 말

팔용산을 천주산을 통째로 끌고 오는

봄,

입안에 되새기기만 해도

온몸이 요동치는

채송화

왜 몰랐을까요?

애써 목소리 높이지 않아도

내 발걸음 멈추게 하고

벌과 나비의 마음 확, 사로잡는

그걸,

야외음악회

새 한 마리 벚나무 가지에 앉았다 날았다 할 때마다, 떨어지는 벚꽃 잎 사이로 새소리 낮아졌다 높아졌다 관객 따위 안중에도 없는,

봄 연주회

이모

젊어서는 자식들 뒷바라지에

늙어서는 남편 병수발에도 한결같더니

오늘, 낮술 한 잔에 상기된 얼굴을 보니

울긋불긋 가을산을 닮았네

부치지 못한 편지

　스무 살 첫사랑 첫 편지를 쓰던 날, 밤새 쌓았다 허물었다 하느라 그때는 몰랐습니다 사랑은 사랑한다고 느끼는 그 순간 가슴이 먼저 불탔다는 것을

꽃보다 사람

꽃

꺾지 마시라

하물며,

저

청춘들을

내일

그는 걸어서 와서는

내 앞에서 뛰어가는 게 분명하다

졸업

초등학교 졸업식 날

아버지께서 사주시던 짜장면

이 공장에서 저 공장으로 옮길 때마다

나무젓가락을 집어 포장지를 벗겨도

더 이상 짜장면은 없었다

밤새 무사한 것들만

툭!
툭!

이슬 털고 일어나

또, 하루를

시
작
합
니
다

민박

바람은 소리 없이 지나간다

혼자 덩그렁한 달이 열없다

꾸벅꾸벅 졸다 제 그림자에 놀란 늙은 개가 마구 짖어댄다

멀리 유성이 진다

별을 헤아릴수록 민박집 삽짝에 점점 별이 늘어난다

아직 새벽은 멀었다

눈이라도 펑펑 쏟아진다면 며칠을 더 묵고 싶다

주남저수지

　동장군이 설치자 기세 좋던 저수지도 배꼽자리만 남기고는
모두 숨을 죽였습니다 남으로 남으로 팽팽하게 달려온 청둥오
리들 거친 숨 몰아쉬며 숨구멍 같은 배꼽자리에 할딱거리며
앉습니다 온몸 꽁꽁 얼어 움직이지도 못하는 저수지도 함께
헉헉거립니다 아마도 이런 날이 이어지면 멀리 집 떠났던
형들이 차례차례 대문을 열고 들어서지 싶습니다

* '주남저수지'는 창원시 동읍에 있는 아름다운 철새 도래지이다.

겨울 갈대밭에서

뿌리마저 흔들린다고 쉽게 말하지 말아요

흔들리고 넘어졌다 깨어지고 다시 일어서는,

저 청춘들을 보아요

서쪽 하늘은

개 짖는 소리 하나 없는

늦은 겨울 오후

까치밥으로 남은 홍시 하나에 걸려 있는

텅 빈 서쪽 하늘

이런 날

뉘 있어 내 손 잡아주랴

가포에서

내가 도착했을 때는
아직 온기가 남아 있었다

주위를 둘러봐도 누구 하나 없고
바람에 떠밀린 파도소리만 높다

저녁놀이 한껏 붉어졌다

어지럽다

이런 날은 누구라도 좋으니
몇 시간이라도 기다릴 수 있겠다

* 마산 가포 바다는 아름답기로 유명하였는데 지금은 매립이 되어 그 옛날 아름다운
  모습을 찾아볼 수 없어 안타깝기만 하다.

미루나무 사랑

강물이 몸을 흔들면

미루나무도 따라 몸을 흔들었다

물총새가 강물에 날개를 접으면

미루나무 가지도 간들간들 몸을 담갔다

강물에 눈이 하얗게 내리면

미루나무에도 눈이 소복소복 쌓였고,

쨍쨍 얼어붙은 강물에 성급한 봄이 찾아오면

미루나무 우듬지에 연둣빛 봄이 파릇파릇 돋아났다

강둑에 미루나무가 자리 잡고부터

강물은 외롭지 않았다

제2부

역

바닷물은 다 밀물이었다가
바닷물은 다 썰물이었다가

객지로 떠나는 여린 내 손을
꼬오옥 쥐었다 놓아주시던 어머니

모든 바닷물은 썰물이었다가
모든 바닷물은 밀물이었다가

아버지

고향으로 돌아가고픈 마음

도시 골목 어디쯤 내려 놓으셨는지요?

몇 발짝 더듬지 않았는데 벌써 해가 집니다

리어카에 이삿짐을 싣고 다녔던 시간은 흔적도 없는데

까마득 치솟은 아파트 사이에는

무지개다리만 덩그렁 놓여 있습니다

불효자

매미 울음소리가

저리도 기—일—게 숨넘어가네

애끊는 소리로

부부

여보! 하고 부르면

여보! 하고 들리는

그만큼

딱 그만큼

참 늦었지요

내 몸이 말하는 걸 듣고서야
나사 하나만 헐거워도
온몸 비틀어 삐걱삐걱 말을 쏟아내는
그라인더를 어루만져줄 줄도 안다네

내 몸이 말하는 걸 듣고서야
긴 가뭄에 목말라 타들어가는
나팔꽃 한 줄기에
측은한 눈길 건네게도 되었다네

내 몸이 말하는 걸 듣고서야
당신 한 쪽 어깨가
무겁게 처져 있는 까닭을
이제야 알게 되었다네

참 늦었지요?

병실에서

아버지

저 봄 좀 보아요

눈치도 없이 화사한 얼굴 좀 보아요

올해도 옹골차게 일어서는

저 싸가지 없는 봄 좀 보아요

아버지

휠체어를 민다

휠체어를 민다 두 손에 힘이 주어지는 것은 등이 휜 한
생의 무게 때문이다

주렁주렁 매단 링거병과 간신히 움직이는 손목에 연결된
호스를 따라 내 뜨거운 피가 흐른다는 것을 오늘에야 알게
되었네

굽은 등이나마 아직은 애써 쓰다듬어줄 수 있어 고맙다고,
두 손으로 힘껏 휠체어를 민다

저녁 바다

집 나갔다 되돌아오며 보았던

저녁 바다

양 손으로 두 귀를 받쳐 들고서는

밀려오는 파도 가까이 가까이 대보았다

그 먼 날처럼,

애타게 나를 기다리시는 어머니,

아직도 삽짝에 서 계신다

깊은 바다

단
한 번도
또박
또박
새겨 써보지 못한

어
머
니
!

밥상 앞에서

들르기만 하면
어머니는 돼지고기를 볶으시고
밥을 꾹꾹 눌러 고봉으로 푸시고는
꼭 한 말씀 하신다

무겄다 싶꺼로 묵어라

밥을 좀 덜어내려 하면
버럭, 화부터 내신다

고마 무거라
밥 심빼이 더 있나
정 몬 묵겄다 싶으모 냉기고

한 숟갈 두 숟갈 떠넘기다보면
어머니 말씀처럼
밥그릇을 싹 비우고 마는데

언제 밥그릇이 빌까
마음 쓰시던 어머니는
얼른 당신의 밥그릇에서
한 숟갈 더, 덜어주시며
한 말씀 더 하신다

한창 때는 돌아서마 배고픈 기라

낮달

말간 하늘에다 누가 걸어 놓았나

보일 듯, 보일 듯 멀어져가는

어머니

변호인

일혼다섯인 아버지는
일혼다섯 해 만에 영화를 처음 봤다

대한민국 산업화시대를 끌고 오신
할아버지 세대가 꼭 봐야 한다는

손녀 덕택이기도 하고
시골로 살러온 어느 대통령 덕택이기도 하다

---

* 양우석 감독의 2013년 작품으로 딸 시목이가 할아버지 손을 꼭 잡고 영화를 관람하였다.

딸바보

좀 자라 옷매무새에 매달리거나
아직 어려 양 손에 매달리거나
딸은 어디를 보나 이쁘다
물론 얼굴이 제 에미를 닮았어도
성깔이 제 애비를 빼닮았어도 딸은 이쁘다

새벽 첫차를 타고 서울까지
무슨 콘서트를 보러간다고 나서도
그리 쉽게 막지 못한다

아빠 너무 걱정하지 마세요
잘 다녀올게요
친구들이 다 착해요

친구들이 다 착하다는 말에는
제 애비가 무엇을 걱정하는지
이미 알고 있다는 것

툭툭 발로 걷어차며 뿔을 돋우는
아들하고는 또 다르다
가끔 잠에서 덜 깬 목소리로 퉁을 놓고는 금방
죄송해요! 사랑해요!
번개처럼 날아오는 문자
아내는 딸 사랑이 유별나다고
자주 입을 샐쭉거리지만
그 또한 행복인 것을

고구마

캐낸 지 오래된
고구마 한 뿌리
햇볕 잘 드는 창가
유리컵 속에 담가두었다

물을 빨아 먹어도
고구마는 제 몸을 키우지 않고
줄기를 키우고 있다

며칠 사이 줄어든 물을
유리컵에 다시 채워 넣다가
너무나 가벼워진
어머니 생각이 났다

자갈자갈

자갈자갈거리는 낙엽 밟는 소리가 세상 처음 소리처럼 맑다 상수리나무 우듬지를 쓰다듬고 내려온 아침 햇살 포근한 길, 이리도 맑은 소리 들어본 적 언제였던가

내 마음은 아래로 아래로 잦아드는데, 오늘 아니면 언제 말하랴 싶은지 아내는 쉴 새 없이 자갈자갈거린다 당신과 함께 낙엽을 밟으니 좋다느니 이름 있는 등산길보다 이런 호젓한 길이 좋다느니 살가운 말 붙이지만 낙엽 밟는 소리에 묻힐 뿐이다

한 걸음 한 걸음 옮길 때마다 상수리 나뭇잎은 상수리 나뭇잎대로 할 말 많다는 듯 자갈자갈 사연을 풀어놓느라 바쁘고 아내는 아내대로 밀린 이야길 하느라 바쁘다

나는 앞에 걷고 아내는 뒤에 걸으며 자갈자갈 사연을 풀어놓는 상수리 나뭇잎이나 아내의 살가운 말을 나는 좁쌀내기처럼 다 받아주지도 못하고 자꾸 길을 놓치고 만다

섣달그믐

노을 짙은 서녘 하늘이
성큼 어둠을 끌어당기는 시간입니다

자전거 뒤를 잡고서는
페달을 힘껏 밟아야 한다
잡고 있으니 두려워하지 마라 소리치시던
아버지를 생각합니다

저녁밥은 드셨습니꺼
아픈 다리는 좀 어떻습니꺼
이번 설에는 집에 못 가겠습니더
잘 들립니꺼 아부지

잠시 말이 끊긴 사이
창밖이 좀 더 어두워졌고
편안한 밤이 되었으면 좋겠다고
따뜻한 밥 한 그릇 같은
말 한 마디 쉬이 건네지 못하는

섣달그믐입니다

제3부

공장에 출근하는 공자

오십이다

지금 공자가 살아오면

공자도,

공장에 출근해야 하는 나이

지천명

하루 1

기계 옆에 노동자 노동자 옆에 긴긴 해

긴긴 해 옆에 노동자 노동자 옆에 기계

하루 2

　유모차 가득 종이상자를 싣고, 바람이 거세기로 소문난
마산 석전동 삼호천변을 끼고, 한 발 한 발 나아가는 할머니
머리 위에 겨울 저녁노을이 가만히 내려앉고 있습니다

깃발

바람이 없으면 내일이 없다는 듯,

바람과 맞장 뜨느라 잠 못 드는

노동조합 깃발

어떤 가혹행위

붉고 푸른빛을 뿜으며

용접봉을 녹여 쇠를 이어 붙이는 동안은

쪼그리고 앉아 잔뜩 허리를 웅크리고서는

무슨 일이 있어도 움직여서는 안 되는

용접공

전태일

당신은 너무 멀리 있고

밥그릇은 너무 가까워

자꾸 잊는 날이 많습니다

현수막 앞에서

해고는 살인이다!

현수막이 찢어지는 것은

바람 때문이 아니다

어깨에 지고 있는 삶의 무게 때문이다

셀프시대

물과 커피는 셀프라고 적어 놓은 식당에서 밥을 먹는다

언제부터 서비스도 셀프시대가 되었나

알아서 먹고 알아서 숨 쉬고 알아서 세금도 내고

알아서 송전탑이나 전광판이나 크레인 위에 올라 외쳐야
하는

지금은 셀프시대

프레스

눈 떠보니 병원이었다는 말보다, 네팔에 있는 가족에게는
알리지 말라는 말보다, 이제 프레스 앞에 서지 못할 것 같다며
오른손을 들어 보이는 라빈 카르키 씨 왼손이 천근만근 무게로
내 가슴을 쿵! 내리찍는다

위험한 오후

7미터 높이 탱크 위에서

그라인더 작업하던 김 씨가

발이 미끄러져 떨어질 뻔했다며

찬물을 벌컥벌컥 들이킨다

엑스맨

사방은 어둑,

아직 첫차는 오지 않고

엑스 자 선명한 별 하나

이른 새벽을 쓱쓱 쓸고 계신다

실업 1

예수도 석가도 아닌 노동에서 구원을 찾는 이여

그대가 잠시 앉아 기도할 일자리는 어디에 있는가

실업 2

두 눈은 말똥말똥한데

아침이 빈둥빈둥 오고 있다

대출

가능성
그,
유일한 담보는

기계 앞에 저당 잡힌
이,
몸뚱이뿐

88만 원 세대

깨어진 그라인더 날이 날아와 안전모에 박혀 죽을 뻔했다는
정형 말 한 마디가 비수가 되어

내 이마에

탁!

박힌다

---

* 88만 원 세대란? 대개 20대의 비정규직을 말한다. 우석훈, 박권일, 『88만 원 세대
   — 절망의 시대에 쓰는 희망의 경제학』(2007).

할머니

월요일 아침
억센 손으로
연마기 등을 쓰다듬는다

큰 눈을 끔벅이던
소 앞에서
고맙데이 고맙데이 되뇌던 할머니처럼

밥

나는 오늘도 물꼬를 보러 공장에 간다

봄

대추리에 눈 온다

철조망도 군홧발도 깃발도 북소리도
아우성도 몸져누운 밤

길 잃어 못 오시나
길이 막혀 못 오시나

* 경기도 평택 팽성읍 대추리는 미군기지 확장 이전 지역이다.

74

국가보안법

잡아먹어도

찢어 죽여도 분이 풀리지 않는데

제 발로 도망가도 시원찮은 주제에

자리 깔고 뭉그적뭉그적

아랫목을 찾나

제4부

투표

내가 우주의 중심이다

푸른 멍

흙의 등짝에

빗방울이 화살처럼 내리꽂힌다

푸른 멍자국 같은

풀들 나무들 숲을 이룬다

스무 살

떨어지는 작은 꽃잎에

때론 절망하고

때론 분노하고

때론 그리워하며

불꽃처럼 타오르지 않고서야

사랑도 혁명노 사기다

걱정

어릴 때는 눈앞에 왔다 갔다 하더니

좀 자라서는 누워 바라보는 천장에 어리더니

이제는 아예 문밖에 눈과 귀를 내놓고 산다

칠북면 회화나무

너무나 오래된 것들은 제 나이를 잊어버리고서는, 나이와
함께 건너온 길도 잊어버리고서는, 어디를 더 가야 할지 몰라
바람에게 종종 길을 묻곤 한다. 그래서 제 가슴속을 제집
드나들 듯 헤집고 다니는 바람에게 더 관대한 것이다

* 회화나무: 경남 함안군 칠북면에 있는 천연기념물 제 319호.

일붕사에서

처음 와본다는 사람과 마지막이 될지 모른다는 생각을
하는 사람이 함께 일주문에 들어선다 어느덧 해는 기울고
붉게 물들어가는 서쪽 하늘이 아름답다며 연신 감탄하는
사람과, 지는 해가 서러운 사람이 함께 절 마당을 거닌다.
좁은 절 마당에 바람이 스칠 때마다 시원해서 좋다는 사람과,
바람 한 점마저 움켜쥐고 싶다는 생각을 하다 스르르 놓아
버리는 사람이 함께 절 문을 돌아 나온다

* 일붕사: 경남 의령군 궁류면 평촌리에 있는 절이다.

섬

더 이상

나아갈 곳도

물러설 곳도 없을 때

그때서야

섬이 된다

사랑탑

잔잔하게 쌓인 슬픔이 탑이 된다면
사랑탑이라 이름 붙이겠네

안으로 안으로 쌓인 눈물이
우물처럼 깊어지는 나이

건듯 부는 바람에도 마음 짠해지고
가끔 아주 가끔 안부전화에도 꽃잎 떨어지듯
뚝뚝 눈물 떨구던 시절은 두레박의 시간

제 몸 속 깊고 깊은 우물물을 마시고
파릇파릇 자라는 슬픔도 탑이 될 수 있다면
나 좀 더 슬퍼지겠네

지금보다 한 겹 두 겹 마음 다해
슬픔으로 온전한 탑 하나 쌓겠네

등짐보다 무거운 시간이 짓누르는 나날

나를 밀고 가는 사랑탑 하나 꼿꼿이 쌓고 있다면
하루가 한 달이 거뜬하겠네

사랑한다는 말

어떤 빛깔의 꽃이 피고
어떤 모양의 열매가 맺힐지 모르는

사랑도 이와 같아서

사랑한다는 사랑한다는 말을
당신에게 쉽게 할 수 없는

갈대

우리라고 해서 바위처럼

듬직하게 서 있고 싶지 않겠습니까

못난 놈들끼리 서로 어깨 다독여주는

이것도 하루를 사는 방법입니다

폐문

한때

누군가 걸어서 들어갔거나 나왔거나

지금 무슨 소용인가

자영업자

배재운 시인은 공장에서 희망퇴직한 후 이십 년째 아내와 식당을 운영합니다 그런데 정확한 월급은 없습니다 당연히 보너스도 없고요 공장노동자에게 다 있는 퇴직금도 없습니다 최저임금이 8,350원으로 인상되면, 한 달 급여가 1,745,150원이라, 두 사람이면 3,490,300원입니다 두 사람이 한 달 내내 식당에서 노동을 해도 최저임금도 안 된답니다 그런데 누구든 식당 문을 열고 들어서면 사장님, 하고 부릅니다 배재운 시인은 사장님이 아닙니다 그렇다고 노동자도 아닙니다

귀

문상 갔다
구두 대신 슬리퍼 신고 온 다음 날
나도 모르게 구두를 찾다가
몸보다
더 크게 입을 벌리고 있는
낯선 슬리퍼 한 켤레에
정신이 드는

잃어버린 구두 밑창이
한 쪽으로 닳았지만
당신 발이 좀 따뜻했으면 좋겠다고
산 자에게 하지 못한 말
망자에게 하고 왔던가

이리저리 발길에 채이다
평발 까치발 가리지 않고
흔쾌히 몸 열어
마음을 받아들이는 상가 슬리퍼처럼

내 구두가 당신에게
작은 위안이 되었으면 좋겠다고
두 발을 가지런히 모았던가

신발장 구석에 처박아 놓은
낡은 구두를 찾아 신고는
입을 쩌억 벌리고 있는 슬리퍼를
내 두 귀처럼
가지런히 모아본다

길을 묻다

집은 안식처

집 밖은 난전

난전의 언어들이 집을 지탱하는 힘이라면,

집은 마음을 지탱하는 힘

마음 하나 내려놓지도 못하면서

몸마저 내려놓을 곳 딱히 보이지 않는 날

집 안과 집 밖 사이에 서서,

길을 묻는다

슬픔으로 지어진 집

— 공장에서 H빔을 옮기다 허리를 다쳐 누워 있는 영식이

과일이며 생선 왔다는

확성기 소리도 없다면

화장실 물내려가는 소리도 없다면

고요하기로 치면 절간보다 더하다는

한낮

알 수 없는 열두 고개

밤 내내 태운 눈물이 가슴 속 재로 남듯,

사랑이 그럴까

온몸 흠뻑 땀 흘리고도 흔적 없이 사라져간,

노동이 그럴까

수수께끼 풀 듯

한 발 한 발 내 딛는 발자국마다

잠 못 이룬 시간들 불도장처럼 선명한

이마에 가슴에 샘솟는 물음표들

신자유주의시대의 노동자 소외

맹문재(문학평론가 · 안양대 교수)

1

어느덧 소외라는 말이 일상에서 보편적으로 쓰일 만큼 우리 사회는 신자유주의 체제의 영향을 받고 있다. 과학기술의 발전에 힘입어 생산량의 증대로 물질적인 풍요를 이루고 있지만 빈부 격차와 불공정한 경쟁 등으로 상대적 박탈감이 심화되고 있는 것이다. 신자유주의 체제는 사적 소유권을 토대로 이윤을 추구하고 있지만 저임금의 조건에 시달리는 노동자는 그러하지 못한다. 디지털이 주도하는 사회 환경의 변화에 적응하는 데도 어려움을 겪고 있다.

신자유주의 체제는 이전 시대와는 다른 노동환경을 조성하고 있다. 농업을 거쳐 공장 생산이라는 기존의 노동 영역이 디지털 영역으로 바뀐 것이다. 자본가계급이 자신의 이윤을 창출하는 데 유리한 환경을 조성하기 위해 만들었기 때문에 당연히 노동자계급에게 불리하다. 실제로 노동자들은 이태백 (20대 태반이 백수), 삼팔선(38세 퇴직), 사오정(45세 정년), 오륙도(56세까지 일하면 도둑), 육이오(62세까지 일하면 오적)라는 신조어가 등장할 정도로 고용불안과 취업난을 겪고 있다. 작업장에서 일하는 노동자는 자신이 해고당할 수밖에 없다는 것을 인지하고 있고, 그에 따라 개인 생활이 불안정할 뿐만 아니라 다른 노동자들과의 유대관계가 약화되고 있다.

디지털시대를 이전 시대로 되돌릴 수 없기 때문에 노동자들이 겪는 해고와 비정규직과 실업 등의 문제를 전면적으로 해결하기는 어렵다. 컴퓨터가 작업장을 지배함으로써 그동안 생산을 담당했던 노동자의 역할은 감소할 수밖에 없다. 해고된 노동자들은 컴퓨터가 창출한 더 많은 노동 영역으로 진출할 수 있다는 자본가계급의 주장은 감언이설에 불과하다. 어느 영역이든지 컴퓨터가 지배하고 있기 때문에 노동자들은 제자리를 확보하기가 어렵다. 상당한 기능과 지식을 보유하고 있고 경험과 정보가 많은 노동자도 낙오자가 되고 만다. 컴퓨터가 요구하는 작업 속도와 작업량과 전문성을 감당하기 어려운 것이다. 그리하여 노동자는 자본가계급의 지배를 받게 되고 자신으로부터도 소외당하게 된다.

마르크스는 소외라는 추상적인 개념을 인간의 노동 영역으로 구체화시켜 그 양상을 체계화했다. 인간이 노동으로부터 소외되는 현상을 자본주의 체제에 종속된 결과로 파악한

것이다. 노동자는 자본가계급의 사용 대상이 되어 자신의
노동력을 화폐와 교환함으로써 자기 존재성 혹은 고유성을
상실한다. 노동 생산 과정 및 노동 생산물로부터 소외되고
다른 인간으로부터도 소외당하는 것이다. 노동자는 작업장에
서 부분적인 일만 담당해 노동 과정 전체를 파악하거나 통제하
지 못한다. 자본가의 지시를 받는 컴퓨터가 시키는 대로 따라
야 하기 때문에 노동의 의의마저 상실한다. 이와 같은 모습을
표성배 시인의 작품들에서 볼 수 있다.

2

초등학교 졸업식 날

아버지께서 사주시던 짜장면

이 공장에서 저 공장으로 옮길 때마다

나무젓가락을 집어 포장지를 벗겨도

더 이상 짜장면은 없었다

　　　　　　　　　　　　　　　　—「졸업」, 전문

위의 작품의 화자는 "초등학교 졸업식 날 // 아버지께서 사주시던 짜장면"을 잊지 못하고 있다. 그 이유는 "짜장면" 맛이 좋았기 때문이기도 하지만, 아버지와 함께 맛보았기 때문이다. 비록 의무교육 과정이지만 초등학교를 무사히 마친 아들을 바라보는 아버지의 기쁨은 이루 말할 수 없었다. 아들의 대견함이 당신이 이룬 이 세상의 어떠한 일보다 값지다고 여긴 것이다. 그리하여 당신은 주머니를 털어 아들에게 "짜장면"을 한턱내었다. "짜장면" 한 그릇 산 일을 두고 한턱내었다고 말하기에는 부족할 수 있지만, 당신의 가난한 형편에 비춰보면 대단히 후한 일이었다. 화자는 "짜장면"을 먹는 동안 느꼈던 아버지의 그 따스한 사랑과 진한 가족애를 지금까지 품고 있는 것이다.

화자는 그 뒤 세상살이를 하면서 자주 "짜장면"을 먹었는데, 특히 "이 공장에서 저 공장으로 옮길 때마다" 그러했다. 함께 일해 온 공장의 동료들과 이별하는 자리의 식사로, 또는 입사하는 동료들을 축하해주는 자리의 식사로 먹었던 것이다. 주머니의 사정이 좋지 않거나 작업 시간에 쫓기는 노동자들에게 "짜장면"은 한 끼를 해결하는 데 아주 좋은 음식이었다.

그렇지만 화자는 "나무젓가락을 집어 포장지를 벗겨도 // 더 이상 짜장면은 없었다"고 말한다. 그동안 노동자로 살아오면서 먹은 "짜장면"의 맛이 자신이 초등학교 졸업식 날 아버지가 사주신 "짜장면"에 비해 못 하다는 것이다. "더

100

이상 짜장면은 없었다'라고 단언하는 모습으로 보아 앞으로도 그렇게 여길 것으로 짐작된다. 화자가 중요하게 여기는 것은 "짜장면"의 맛 자체보다 그것을 먹을 때의 분위기이다. 자신을 대견하게 여기던 아버지와 같은 따스한 인간관계를 희망하는 것이다.

이와 같이 화자의 "짜장면" 맛에는 사회적인 인식이 들어 있다. 아버지와 함께 "짜장면"을 먹은 데는 가족과 친척과 마을 사람들의 애정이 그득한 곳이었다. 퇴니스F. Tönnies가 『공동사회와 이익사회』에서 제시한 개념을 빌리자면 대인관계가 전통사회의 풍습에 따라 이루어지는 공동사회로 비타산적이고 자연 발생적인 유대감이 형성된 곳이다. 이에 비해 공장의 직원들과 "짜장면"을 먹은 데는 계약 및 이해관계가 얽혀 있는 곳이다. 인위적이고 타산적이고 이기적인 관계가 형성되어 있는 장소로, 곧 공동사회에 대비되는 이익사회이다. 결국 화자는 "짜장면" 맛에 대한 비교를 통해 자신의 삶의 환경 혹은 노동 환경으로부터 소외당하는 사실을 밝히고 있다.

붉고 푸른빛을 뿜으며

용접봉을 녹여 쇠를 이어 붙이는 동안은

쪼그리고 앉아 잔뜩 허리를 웅크리고서는

무슨 일이 있어도 움직여서는 안 되는

용접공

　　　　　　　　　　—「어떤 가혹행위」, 전문

　용접은 금속재료를 이어붙이는 작업의 한 가지로 전문적인
기술이 필요할 뿐만 아니라 고도의 집중력이 필요하다. "붉고
푸른빛을 뿜으며 // 용접봉을 녹여 쇠를 이어 붙이는 동안은
// 쪼그리고 앉아 잔뜩 허리를 웅크리고서는 // 무슨 일이 있어
도 움직여서는 안 되는" 것이다. 집중하지 않으면 용접 작업은
실패할 수밖에 없고 또 위험할 수 있다.

　그런데 위의 작품의 화자는 용접 작업에 집중하는 "용접공"
의 모습을 "가혹행위"를 당하는 것으로 바라보고 있다. 작업을
하다가 잠시 쉴 수도 있고, 필요에 따라 중단할 수도 있는데,
무슨 일이 있어도 그만두지 못하는 노동자로 인식하는 것이
다. "용접공"이 자신의 노동을 통제하지 못하고 소외당한다고
여기는 것이다.

　자본주의 사회가 도래하기 이전에는 자연과 조화를 이루며
인간은 노동 활동을 해왔다. 날씨가 춥거나 덥거나, 비가
오거나 바람이 불거나 눈이 오거나, 밤이 되거나 아침이 되면
그 환경에 맞추어 노동을 한 것이다. 그렇지만 자본주의 사회
로 진입하면서 자본가계급이 노동 과정과 노동 생산물을

지배하면서 노동자는 자신의 노동에서 주체성을 상실했다. 생존을 위해 자본가가 제시한 조건을 수용할 수밖에 없어 노동의 의미를 잃게 된 것이다. 이와 같은 면은 신자유주의 체제가 조성되면서 더욱 심화되었다.

3

깨어진 그라인더 날이 날아와 안전모에 박혀 죽을 뻔했다는

정형 말 한마디가 비수가 되어

내 이마에

탁!

박힌다

—「88만 원 세대」, 전문

위의 작품의 화자는 "깨어진 그라인더 날이 날아와 안전모에 박혀 죽을 뻔했다는 정형 말 한마디가 비수가 되어 // 내 이마에 // 탁! // 박힌다"라고 토로하고 있다. 그만큼 안전사고 당할 뻔한 동료의 말에 충격을 받았고, 또 자신의 일처럼

여기는 것이다. 실제로 자신의 육체를 노동시장에 팔아 생존해야 하는 육체노동자가 안전사고를 당하는 일은 큰 불행이다. 생계가 위협받는데다가 산업재해에 대한 보상을 제대로 받지 못하기 때문이다.

근로기준법에는 안전에 관한 의무를 법적으로 강화하고 있지만 사용자는 노동자의 안전 문제를 심각하게 여기지 않고 있다. 안전에 관한 제도가 노동자의 재해를 사전에 예방하는 데 취지가 있지만 작업 현장에서는 무시되고 있는 것이다. 또한 안전 문제는 노동자가 자신의 인간다운 삶을 영위하기 위한 권리이기도 한데 시혜 차원으로 인식한다. 그리하여 작업 현장에서 안전사고를 당하면 산재보험을 통해 치료나 보상을 받기보다는 공상처리 같은 방법으로 처리하고 있다. 사업체는 산재율이 높아지면 대외적인 이미지가 나빠져 다음 공사의 수주 등에 불리하다고 여기고 직접 보상하는 것이다. 노동자 역시 사용자의 눈치를 봐야 하고 어려운 생활을 위해 하루라도 더 빨리 일을 해야 하기 때문에 사용자의 제의를 받아들이고 만다. 결국 노동자는 인정주의에 타협해 산업재해를 당했으면서도 제대로 치료와 보상을 받지 못하는 것이다.[1]

이와 같은 상황은 정규직 노동자에 비해 비정규직 노동자의 경우가 더욱 일반적이다. 비정규직 노동자가 처한 노동 조건

• • •
1. 맹문재, 「노동시에 나타난 근로기준법 인식 고찰」, 『한국문학이론과 비평』 제85집 (23권 4호), 한국문학이론과 비평학회, 2019, 116~119쪽.

이 열악하기 때문에 고용주가 제시하는 타협안을 수락할 수밖에 없는 것이다. 그리하여 근로기준법에 산업재해에 관한 보상안이 마련되어 있지만 비정규직 노동자는 제대로 이용하지 못한다. 위의 작품의 제목을 "88만 원 세대"라고 정한 것도 그와 같은 면을 반영하고 있다.

'88만원 세대'란 2007년 우석훈과 박권일이 쓴 책 제목에서 연유한 것으로 800만 명을 넘어선 20대의 노동자를 의미한다. 상위 5%를 제외한 나머지는 저임금과 비정규직 신분으로 88만 원 정도의 임금을 받는다는 것이다. 386세대만 하더라도 좋은 학점을 못 받아도 직장에 들어갈 수 있었지만, 20대는 아무리 열심히 공부해도 알바 인생이 될 수밖에 없다. 따라서 기성세대가 자신의 성과물을 20대에게 양보할 필요가 있다. 또한 승자 독식의 게임에 갇힌 문제를 해결하기 위해 노동조합 등이 나서야 한다.

바람이 없으면 내일이 없다는 듯,

바람과 맞장 뜨느라 잠 못 드는

노동조합 깃발

—「깃발」, 전문

위의 작품에서 화자는 "노동조합"의 "깃발"을 바라보며

"바람이 없으면 내일이 없다는 듯, // 바람과 맞장 뜨느라 잠 못" 들고 있다고 생각하고 있다. 그렇지만 화자의 노동조합에 대한 인식에는 구체적인 내용보다 이미지가 우세하다. "바람"에 대한 구체적인 사항이 제시되지 않아 "맞장 뜨느라 잠 못 드는" "노동조합 깃발"의 의의가 확대되지 못하는 것이다.

신자유주의 체제는 자신의 이윤을 창출하기 위해 노동자들을 분열시킨다. 노동자들은 매우 교묘하고 강력한 자본가계급의 그 전략에 대항하려고 하지만 쉽지 않다. 자신의 의식주 해결을 전적으로 신자유주의 체제에 의지하고 있기 때문에 자본가의 요구를 거부하지 못하는 것이다. 따라서 노동자는 자신의 인간다운 삶의 조건을 만들기 위해 단결할 필요가 있다. 노동조합이 모든 문제를 해결해주는 것은 아니지만, 자본가에게 적극적으로 대항할 수 있는 것이다.

당신은 너무 멀리 있고

밥그릇은 너무 가까워

자꾸 잊는 날이 많습니다

—「전태일」, 전문

위의 작품의 화자는 "당신은 너무 멀리 있고 // 밥그릇은 너무 가까워 // 자꾸 잊는 날이 많습니다"라고 솔직하게 토로

하고 있다. 화자에게 "전태일"은 자신이 어떻게 살아가야 하는지를 밝혀주는 등불과 같은 존재인데, 하루하루 살아가는 데 급급하다보니 망각하고 있다는 것이다. 그리하여 화자는 자기반성을 하고 있다. 그렇지만 앞으로 어떻게 해나갈 것인지는 제시해주지 않고 있다. 신자유주의 체제가 심화된 오늘의 노동자들이 갖고 있는 일반적인 모습인 것이다. 그러므로 "전태일"은 다시 불러야 할 이름이다.

1970년 11월 13일 오후 1시 30분경 전태일 열사가 몸에 휘발유와 석유를 끼얹고 불을 붙인 채 평화시장의 앞길로 뛰쳐나오며 "근로기준법을 준수하라!"라고 외친 절규는 잘 알려져 있다. 그 대가로 청계피복노동조합이 설립된 것도 마찬가지이다. 그렇지만 그 과정은 이루 말할 수 없이 험난했다. 이소선 어머니는 아들의 유언을 실현하기 위해 장례를 미루었다가 치렀을 뿐만 아니라 장례식이 끝난 뒤 노동청이 청계피복노동조합 사무실을 폐쇄하자 온몸으로 맞섰다. 그 후에도 당국의 탄압이 지속되자 이소선과 전태일의 친구들은 목숨을 걸고 노동조합을 지켜내었다. 이와 같이 "전태일"의 이름에는 탄압을 두려워하지 않고 맞선 노동자들의 노동조합 투쟁이 들어 있는 것이다.

노동조합이 노동자의 삶에 긍정적인 영향을 미치는 것은 당연하다. 김정우 한국노동연구원 전문위원이 2012년 경제활동 인구조사 부가조사를 분석한 결과, 노동조합에 가입한 노동자는 가입하지 않은 노동자와 비교해 정규직은 7%, 비정규직은 10.7% 정도 높은 임금을 받는 것으로 조사됐다. 노동조합이 있는 사업장에는 그렇지 않은 사업장과 비교했을 때 육아휴직, 출산휴가 등 가족친화적 제도가 더 잘 갖춰져 있다. 그렇지만 우리나라의 노동조합 가입률은 저조한 형편이다. 2017년 기준 경제협력개발기구OECD 주요 선진국의 노조 조직률은 영국 24%, 일본·독일 17% 등이다. 반면 2018년 우리나라 노동조합 조직률은 11.8%에 불과하다. 특히 사업장의 규모가 작을수록 노동조합 조직률이 떨어지는 것으로 나타났다.[2] 이와 같은 상황에서 보듯이 노동조합 운동은 필요한 것이다.

4

해고는 살인이다!

현수막이 찢어지는 것은

바람 때문이 아니다

• • •

2. 도영진 기자, 「내 삶을 바꾸는 노동조합 (하) 노동조합, 왜 필요한가」, 〈경남신문〉, 2020년 5월 5일. (http://www.knnews.co.kr/news/articleView.php?idxno=13 24543)

어깨에 지고 있는 삶의 무게 때문이다

—「현수막 앞에서」, 전문

"해고는 살인이다"라는 구호가 적힌 플래카드를 공단의 거리에서 어렵지 않게 볼 수 있다. 1997년 우리나라가 국제통화기금IMF에 구제 금융을 요청하면서 도래된 모습이다. 아이엠에프는 우리나라가 요청한 금융을 제공하는 조건으로 부실한 기업의 정리, 기업의 적대적 인수 및 합병, 노동시장의 유연화, 외국인 주식 투자 한도 폐지, 은행의 자기자본 비율 8% 이상 유지 등을 요구했다. 그 결과 노동자들은 구조조정과 정리해고의 대상이 되어 거리에 넘쳐났다. 정규직 노동자가 비정규직 노동자로 신분이 바뀌어 평생직장 대신 평생직업이라는 개념도 생겨났다.

그리하여 "해고는 살인"이라며 맞서는 노동자들의 싸움은 "현수막이 찢어"질 뿐이다. "현수막이 찢어지는 것"은 "바람 때문이 아니"라 노동자들이 "어깨에 지고 있는 삶의 무게 때문이다". 노동자는 해고당하지 않기 위해, 또 정규직에서 비정규직으로 신분이 바뀌지 않기 위해 고용주가 요구하는 조건에 복종할 수밖에 없다. 노동조합을 결성해 임금 인상이나 근무 조건 개선 등을 요구하기 이전에 일하게 해달라고 매달려야 하는 것이다. 그만큼 노동자의 고용불안은 크고 실업난은 심각하다. 3포 세대(연애·결혼·출산 포기)며 5포

세대(연애·결혼·출산·내 집 마련·인간관계 포기) 등의 신조어가 이와 같은 상황을 여실하게 반영해주고 있다.

예수도 석가도 아닌 노동에서 구원을 찾는 이여

그대가 잠시 앉아 기도할 일자리는 어디에 있는가
　　　　　　　　　　　　　　　　　　—「실업 1」, 전문

노동자는 "예수도 석가도 아닌 노동에서 구원을 찾는" 사람들이다. 노동을 해야만 자신은 물론이고 가족을 부양할 수 있고, 사회에서 자신의 존재 가치를 인정받을 수 있다. 또한 자신이 속한 사회의 발전에 나름대로 기여할 수 있다. 그렇지만 "실업"으로 인해 노동할 수 없는 노동자는 그 모든 것이 불가능하다. "잠시 앉아 기도할 일자리"조차 없는 것이다.

자본가는 노동자의 육체적 및 정신적 착취를 예사스러운 일로 여긴다. 자신의 이윤을 추구하기 위해 수단과 방법을 가리지 않고 비인간적인 행동을 내보이는 것이다. 그렇지만 노동자는 삶의 토대를 상실하지 않으려고 적극적으로 대항하지 못한다. 아르바이트나 일용직 등의 임시직 노동자, 파트타임 노동자, 파견 노동자 등 비정규직 노동자의 경우 더욱 그러하다.

노동자는 신자유주의 체제의 지배가 점점 전문화되고 교묘

해지면서 경제적으로도 사회적으로도 문화적으로도 소외당한다. 자본가계급에 의한 디지털시대의 도래와 그에 따른 급격한 노동시장의 변동은 노동자를 더욱 움츠려들게 한다. 노동 과정은 물론이고 다른 사람으로부터도 자신으로부터도 소외당하는 것이다. 결국 신자유주의 체제의 생산품들이 노동자의 소유물이 되지 못하는 것이다.

표성배 시인은 노동자가 소외받고 있는 그 상황을 솔직하게 나타내고 있다. 명분으로 극복 방안을 제시하기보다 신자유주의 체제에 종속된 노동자의 형편을 여실하게 보여주는 것이다. 1987년 6월 항쟁을 계기로 활발해졌던 노동조합 운동은 공안정국의 탄압과 노동 시장의 세계화로 점점 감소했는데, 아이엠에프 사태 이후 노동자의 대량 해고와 고용불안으로 한층 더 위축되고 있다. 시인은 노동자의 그 상황을 소외받는 모습을 통해 확인시켜주고 있다. 노동력을 유일한 판매 수단으로 가지고 있는 노동자가 거대한 신자유주의 체제에 맞서 주체성을 지키고 사회적 연대를 추구하는 일은 참으로 지난하다.

자갈자갈

초판 1쇄 발행 2020년 06월 16일
    2쇄 발행 2020년 10월 16일

지은이 표성배
펴낸이 조기조
펴낸곳 도서출판 b

등록 2003년 2월 24일 제2006-000054호
주소 08772 서울시 관악구 난곡로 288 남진빌딩 302호
전화 02-6293-7070(대) 팩시밀리 02-6293-8080
홈페이지 b-book.co.kr 이메일 bbooks@naver.com

ISBN 979-11-89898-27-4   03810
값 10,000원

* 이 시집은 경남문화예술진흥원으로부터 제작비 일부를 지원받아
  제작되었습니다.
* 이 책 내용의 일부 또는 전부를 재사용하려면 저작권자와 도서출판
  b 양측의 동의를 얻어야 합니다.
* 잘못된 책은 구입한 곳에서 교환해드립니다.